MARTHE ET RENÉE

DOUZIÈME SÉRIE. — Format in-18

POITIERS. — TYPOGRAPHIE LECÈNE, OUDIN ET Cⁱᵉ.

Elles étaient toujours ensemble.

CHARLES SIMOND

MARTHE et RENÉE

Un volume orné de nombreuses illustrations.

PARIS

LECÈNE, OUDIN ET Cⁱᵉ ÉDITEURS

15, RUE DE CLUNY, 15

1895

MARTHE ET RENÉE

I

Il y avait une fois une forêt, si vaste que
personne n'en connaissait l'étendue, et n'aurait pu dire par où l'on y entrait, par où l'on
pouvait en sortir. Elle était remplie de beaux
arbres très vieux, très gros, qui projetaient
en tous sens leur branchage et ombrageaient
les mousses vertes et les violettes bleues essai-
mées à leurs pieds. Elle était habitée par de
nombreux oiseaux et autres animaux qui y
faisaient entendre leurs cris agréables ou dis-
cordants. Il y avait là des rossignols dont
le chant est si mélodieux, des écureuils dont
la petite voix a le charme d'un babil de ruis-
seau, des ramiers dont le roucoulement a une
tendresse inexprimable, des corneilles, mères

et filles, dont le croassement n'avait rien de
criard et d'aigre, quand elles volaient d'une
cime à l'autre, se rendant réciproquement
visite. Il y avait aussi des geais dont le caque-
tage était assourdissant ; il y avait enfin des
loups dont les hurlements se mêlaient aux
rugissements d'autres bêtes féroces. Mais, en
dépit de ces derniers, la forêt n'offrait rien
qui dût épouvanter, et ceux qui l'avaient par-
courue s'accordaient à dire que c'était bien
la plus délicieuse des promenades que l'on
pût faire.

A l'intérieur de la forêt se trouvait une
maisonnette avec un toit de chaume, des
murs blancs couverts de lierre et de chèvre-
feuille, et par devant un petit jardin que fer-
mait une haie mignonne de cèdres nains.
Derrière la maisonnette s'étendait un autre
jardin ; et les arbres de la forêt en étaient si
proches que leurs rameaux le surplombaient
formant comme un berceau sous lequel, pendant les chaleurs de l'été, on prenait plaisir à
se reposer.

C'était une habitation ravissante, bâtie

depuis bien des années, et occupée, depuis
bien des années aussi, par les braves gens

La vieille pie qui a raconté cette histoire.

qui l'avaient construite. Je vous dirais
volontiers leurs noms ; mais la vieille pie qui

1*

m'a raconté cette histoire, a gardé le silence
sur ce point ; et vous savez, mes petites
amies, que lorsque les vieilles pies, qui sont
pourtant fort bavardes, ne veulent pas parler, elles sont aussi muettes qu'on les trouve
d'ordinaire loquaces.

Les gens de la maisonnette étaient heureux,
et contents de leur sort. L'homme gagnait
sa vie à couper du bois, à faire des fagots
qu'il allait vendre à la ville ; la femme faisait
bouillir la marmite et, grâce à sa diligence à
faire tourner le rouet et à filer le lin, elle pouvait, au retour de son mari, mettre sur la
table, après la soupe, un bon morceau de
lard.

Mon histoire s'arrêterait là nécessairement,
quelque intéressante que vous puissiez la
croire déjà, si les braves gens dont je vous
parle avaient vécu seuls, dans la petite maison blanche de la forêt. Mais, par bonheur
pour vous et pour eux, ils avaient deux
enfants, deux petites filles qu'ils aimaient de
tout leur cœur, et qui faisaient leur joie.

C'étaient deux sœurettes, aux cheveux

châtains, soyeux, ondoyants sur les épaules,
aux yeux bleus, voilés par de longs cils ve-
loutés. Elles étaient si bonnes et si sages que
tout le monde les adorait et les citait pour modèles. Elles étaient obéissantes, apprenaient
gentiment leurs leçons, venaient tout de suite
quand on les appelait, et ne criaient pas, ne
pleuraient point quand on leur disait qu'il
était l'heure de se coucher.

Elles étaient jumelles, et si ressemblantes
que longtemps leur père et leur mère avaient
eu de la peine à les distinguer l'une de l'autre ; aussi, pour ne pas les confondre, leur
avait-on mis au cou, à l'une, un ruban
rouge , à l'autre, un ruban bleu. Les
femmes du village, qui venaient s'approvi-
sonner de bois auprès du bûcheron , les
appelaient Rougette et Bleuette ; mais leur
vrai nom était Marthe et Renée. Rougette,
c'était Marthe ; et Bleuette, Renée. Elles
avaient huit ans et étaient toujours ensemble,
partageant leurs jeux et leurs plaisirs, ne se
querellant jamais, et si affectueuses l'une
pour l'autre que l'on n'aurait pu savoir si

c'était Marthe qui aimait Renée d'une amitié plus vive, ou si c'était Renée qui avait pour sa sœur une sollicitude plus constante. La seule différence qu'il y eût entre elles, au point de vue du caractère, c'était que Renée était plus gaie, plus enjouée, Marthe plus réfléchie, plus sérieuse. Aussi, quand Renée était indisposée, Marthe était plus souffrante qu'elle ; quand Renée avait quelque légère tristesse, Marthe était tout aussi affligée, et son inquiétude ne cessait que lorsqu'elle voyait un sourire épanouir le visage de sa petite sœur.

Elles jouaient d'ordinaire seules, car elles n'avaient pas de petites amies, la maisonnette se trouvant isolée dans la forêt. Leur rendez-vous accoutumé était le jardin, et dans le jardin, tout au bout, un espace de verdure que traversait une route, par où passaient les chars des paysans qui venaient emporter le bois coupé. C'était par conséquent un lieu assez désert ; mais les petites filles ne s'apercevaient pas de cette solitude, car elles étaient entourées de tout ce qu'il fallait à leur bonheur pour le rendre complet : elles avaient de bons parents et elles avaient aussi, l'une et l'autre, la meilleure des compagnes qu'elles eussent pu souhaiter.

Jusqu'à l'époque où commence ce récit, il ne s'était passé rien d'extraordinaire dans la forêt. C'était au mois de mai ; le soleil brillait de tout son éclat ; les oiseaux livraient à la brise leurs plus douces chansons ; les gouttes de rosée tombaient des branches d'arbre en perles irisées ; la matinée était radieuse, et tout dans la nature invitait à la paix et au contentement.

Le bûcheron et sa femme s'étaient levés un peu plus tard que de coutume : ils avaient beaucoup travaillé la veille, et s'étaient couchés harassés de fatigue. Ils s'empressèrent de faire leurs préparatifs pour reprendre leur besogne, un peu honteux de leur paresse qui n'était pas habitude chez eux. La femme, à peine habillée, courut dans la chambrette de ses petites filles, voir si elles étaient encore endormies ; mais quelle fut sa surprise de ne pas les trouver ! Elle les appela : Renée !

Marthe ! Point de réponse. Où donc étaient-
elles ? Dans le jardin probablement. Mais
pourquoi avant l'heure du déjeuner ? D'ordinaire elles attendaient qu'on leur eût
donné la permission de sortir, et puis elles
ne s'en allaient jamais sans avoir embrassé
leurs parents. Les petites imprudentes ! Elles
ne savaient donc pas que l'herbe était encore
humide de rosée, malgré le soleil, et qu'en
rentrant, elles devraient changer de bas et
de chaussures ?

La maman, un peu fâchée, maugréa ;
mais, comme elle n'était pas inquiète, elle
s'occupa de ranger la chambrette, puis elle
rentra dans la pièce principale, où son mari
achevait de s'habiller et elle lui dit que les
enfants étaient dehors. Il ne s'en étonna point.
Ne faisait-il pas jour ? Bleuette et Rougette,
éveillées à l'aube, n'avaient sans doute pu
résister au plaisir de faire une petite prome-
nade matinale, pour surprendre les fourmis
au réveil, se lavant dans une goutte de rosée.

Mais, quand le bûcheron et la bûcheronne
eurent répété inutilement leurs appels et

leurs cris, quand ils eurent fouillé le jardin, le pré, sans rien découvrir, ils commencèrent à s'émouvoir. Qu'étaient donc devenues Renée et Marthe ? Pourquoi, à l'insu de leurs parents, contrairement à leurs habitudes, s'étaient-elles levées, avaient-elles quitté leur chambrette et leur maisonnette ? C'était l'heure du déjeuner, et elles avaient d'ordinaire trop bon appétit pour vouloir s'en passer.

— Elles n'ont jamais fait cela ? demanda le père.

— Jamais, dit la mère.

Ils s'arrêtèrent, prêtèrent l'oreille, renouvelèrent leurs appels et n'eurent pas plus de résultat.

Alors ils fondirent en larmes.

— Elles seront entrées dans la forêt, les petites méchantes, dit à la fin le bûcheron.

— Je le crains, repartit la mère, quoique je le leur aie défendu, et c'est la première fois qu'elles auraient été désobéissantes. Les pauvres petites ! Elles n'auront pas pensé à mal. Et qui sait ? Quelque loup les aura

mises en pièces ! Ah! mes enfants ! Renée !
Marthe ! Hélas !

Ils fondirent en larmes.

— Voyons, voyons, dit le bûcheron, il
ne faut pas t'alarmer sans raison ; je vais

faire un tour de ce côté, je te les ramènerai
bien vite ; ne te chagrine point, je serai de
retour en un saut d'écureuil.

Elle se trouva rassurée et enchantée de la
résolution prise par son mari. Elle sécha ses
larmes avec le coin de son tablier qui n'était
pas très propre et qui lui laissa une raie
noire sur le nez ; puis elle rentra précipitam-
ment dans la maisonnette et revint tout
aussi vite avec le gros bâton noueux qu'elle
avait pris au coin de l'âtre et dont le mari
s'arma pour s'en servir d'appui et de sauve-
garde. Après quoi elle alla se poster sur le pas
de la porte, tandis que le bûcheron s'éloi-
gnait. Il disparut bientôt à ses regards.

II

Arrivé au cœur de la forêt, il appela de
nouveau sans succès et marcha plus loin,
baissant la tête pour voir s'il ne décou-
vrirait point quelque trace de pas. Il vit en
effet des empreintes de petits pieds dans
l'herbe ; mais ces indices ne le guidèrent que

pendant un certain temps, et alors il ne sut plus comment s'orienter.

Il marcha longtemps, bien longtemps, et quand il fut fatigué, il s'assit sur un tronc d'arbre abattu par l'orage. La faim commençait à lui tirailler l'estomac ; il se rappela qu'il n'avait pas déjeuné et il se demanda s'il ne ferait pas mieux de rentrer pour se reconforter; mais, en mettant la main machinalement sur la poche de sa veste, il sentit un gros morceau de pain que sa femme y avait mis à son insu, et il fut bien heureux, en la remerciant mentalement d'avoir eu cette précaution.

Il se mit en devoir de satisfaire son appétit, et quoique le pain fût rassis, presque dur, jamais il ne l'avait trouvé aussi excellent. Il en avait dévoré la moitié à belles dents en quelques minutes, quand il s'interrompit subitement pour contempler un spectacle curieux qui s'offrait en ce moment à ses yeux.

L'arbre sur lequel il était assis appartenait à la famille des hêtres. C'était un de ceux que l'on appelle les rois de la forêt. Au-dessus

de lui, un autre arbre, dont les racines s'en-
fonçaient profondément en terre, formait une

Il marcha longtemps, bien longtemps.

voûte de feuillage ombreux. Or, le bûcheron
n'ignorait point que de tout temps les arbres
ont servi de refuge non seulement à des

hiboux, à des chouettes et autres oiseaux, mais aussi à de petits génies, que l'on appelle en Bretagne les Korrigans et ailleurs les lutins. Ces génies, dont il est question dans tous les contes de fées, existent encore, au dire des vieilles bonnes femmes ; mais ils se cachent, ajoutent-elles, depuis que les hommes ne croient plus à eux. Le père de Marthe et de Renée avait cette croyance.

Aussi ne fut-il pas surpris quand il vit un tout petit bonhomme se suspendre aux branches de l'arbre le plus voisin, se balancer un instant, puis se laisser tomber à terre. C'était une créature toute petite, qui n'avait pas plus d'un pied et demi de haut, avec un corps très maigre, une figure en lame de couteau, un grand nez, un menton pointu et de petits yeux gris, pétillants d'esprit. Le génie était vêtu de rose de la tête aux pieds, et portait brodé sur l'épaule un petit cœur d'or ; il était coiffé d'un chaperon noir auquel était attachée une feuille de laurier d'or qui retombait gracieusement sur l'oreille. Il avait un visage d'homme assez vieux, et ses regards étaient d'une expression si étrange que le bûcheron ne put s'empêcher de croire à une apparition surnaturelle. Il n'eut cependant pas le temps d'y réfléchir beaucoup, car à peine le petit bonhomme s'était-il posté à sa gauche, qu'un autre se laissa tomber d'une autre branche et prit place à sa droite.

Le second lutin était exactement pareil au premier, et il aurait été impossible de les distinguer l'un de l'autre, si le dernier arrivant n'avait été vêtu de vert clair. Il avait également un cœur d'or sur l'épaule, un chaperon noir avec une branche de laurier d'or.

Le bûcheron écarquilla les yeux, avec étonnement, en voyant les deux lutins, mais il les écarquilla encore plus lorsque, une seconde après, un troisième génie, habillé de rouge, puis un quatrième, tout lilas, puis un cinquième, tout jaune, puis un sixième, tout blanc, puis enfin un septième, tout bleu de ciel, se rangèrent devant lui.

Les génies avaient tous l'air souriant. Ils formèrent un demi-cercle qu'ils resserrèrent sur le brave homme. Celui-ci continuait, sans peur, à les considérer. Ils étaient tous, à peu de chose près, de la même taille, et avaient une si grande ressemblance de famille, qu'on aurait juré qu'ils étaient frères, même avant de savoir leurs noms.

Quand ils furent assez proche, ils levèrent tous les sept, comme par un mouvement automatique, le bras droit et étendirent la main en désignant de l'index le pain que l'homme allait achever de manger. Alors celui qui était vêtu de bleu et qui occupait le milieu du demi-cercle, présenta la paume de sa main, absolument comme un enfant qui, après avoir avalé une potion amère, réclame un morceau de sucre. Les six autres s'empressèrent de suivre son exemple ; et tous, d'une commune voix, se mirent à chanter :

> Petit lutin
> Vous tend la main,
> Petit lutin
> Aime le pain,
> Quand il a faim.

Ils parlaient français et si clairement, en accentuant chaque syllabe, que le bûcheron pouvait fort bien les comprendre. Sa propre faim était loin d'être apaisée. Il aurait, ce jour-là, volontiers pris double ration de déjeuner, s'il avait été chez lui à table ; et il se disait que son morceau de pain, dût-il le manger en entier, ne le rassasierait point. Mais il avait bon cœur, le brave homme, et il n'eut pas une hésitation, ou, s'il en eut, c'était plutôt parce qu'il ne savait pas comment diviser, à miettes égales, le pain restant entre les sept quémandeurs qui lui paraissaient aussi affamés l'un que l'autre. Sans se livrer plus d'une minute à ce raisonnement, il dit avec une révérence :

— Mes petits amis, je n'ai pas grand'chose à vous offrir, mais je vous le donne sans vous faire attendre.

Et, faisant sept parts aussi égales que possible de son pain, il les déposa tour à tour dans les sept paumes ouvertes devant lui. Les lutins achevèrent leur repas lestement, avec tant de satisfaction que le brave homme regretta de ne pouvoir recommencer.

Quand ils eurent mangé leur dernière

miette, ils se rapprochèrent de nouveau du
bûcheron, et le petit bleu, faisant un pas en

L'ours ouvrit une gueule énorme.

avant, lui dit d'une voix flûtée :

Brave homme, si jamais
Désormais

La mauvaise fortune
T'importune,
Dis-nous : « Lutin, accours
A mon secours ! »

Le bûcheron, qui n'avait à ce moment qu'une pensée, s'écria :

— J'accepte volontiers votre aide, mes petits amis. Et d'abord, dites-moi où je trouverai mes fillettes, Marthe et Renée.

Il n'eut pas à attendre longtemps la réponse. Le génie bleu fit un bond jusqu'à son oreille ; et tout bas, avec une voix si douce qu'on eût cru entendre une source murmurante, il lui dit :

L'enfant qui vient de bon matin,
Parmi la rosée et le thym,
Cueillir en ce lieu des fleurettes,
Peut tomber, hélas ! au pouvoir
D'un monstre horrible, affreux et noir,
Qui va dévorant les fillettes.
En vain celles qu'il trouve ici,
En pleurs implorent sa merci ·
Il les entraîne dans son antre,
Où pas un rayon de soleil n'entre.
Il les destine à son repas,
Elles sont sûres du trépas.

Le pauvre père ne put en entendre davantage ; il frissonnait de tous ses membres, et tombant à genoux :

— Oh ! ne me dites pas cela, supplia-t-il. Marthe et Renée dévorées ! Non ! non ! cela n'est pas possible ! Montrez-moi l'antre de ce monstre, je veux les délivrer !

Mais le lutin bleu posa un doigt sur ses lèvres pour lui imposer silence, et ajouta :

> C'est vrai, l'ogre en fit sa capture ;
> C'est vrai ; l'infâme créature
> Tient en ses mains tes deux enfants ;
> Mais l'un et l'autre sont vivants.
> Homme, il te reste une espérance:
> Nous veillons à leur délivrance.

Puis, sans entrer dans d'autres détails, que le malheureux père aurait bien voulu connaître, les sept génies se prirent par la main, et se mirent à danser en rond autour de lui, en frappant doucement la terre de la pointe de leur pied :

> Nous sommes les lutins,
> Nous bravons les destins
> Nous prêtons assistance,

> Pour détourner leurs coups,
> Avec reconnaissance
> A qui fut bon pour nous!

Ils répétèrent ce couplet une douzaine de fois, puis tout d'un coup la chaîne formée par leurs mains enlacées se défit, et sautant en l'air, ils saisirent l'un après l'autre une haute branche, s'enlevèrent, et disparurent dans l'arbre.

— Quand je devrais faire le tour du monde, s'écria le bûcheron, je retrouverai Marthe et Renée.

Il n'avait malheureusement aucune idée du chemin qu'il devait prendre. La forêt était en cet endroit très épaisse, et à mesure qu'il avançait, il la trouvait de plus en plus impraticable.

Cependant, il finit, à force de persévérance, par s'y frayer un passage, quand tout à coup il vit se dresser devant lui un ours d'une grosseur colossale. La terrible bête, debout sur ses pattes de derrière, étendait vers lui ses pattes de devant. Notre bûcheron savait bien qu'une lutte avec un ours n'est pas un jeu d'enfant, et il ne se souciait point de tomber entre les griffes de ce redoutable adversaire.

En toute autre occurrence, il aurait rebroussé chemin, mais il avait à cœur de savoir quel était le sort de ses petites filles, et l'amour qu'il avait pour elles l'emportait sur la crainte que lui inspirait l'ours. Voyant que celui-ci s'obstinait à lui barrer la route, il marcha résolument vers l'ennemi. L'ours poussa un rugissement féroce, battit l'air de ses deux pattes velues, ouvrit une gueule énorme, et avant que le bûcheron eût eu le temps de se dérober, il se trouva enfermé dans un étau, le serrant avec tant de force qu'il sentit sa poitrine s'écraser. Il se dit que c'en était fait de lui, et en ce moment suprême les noms de ses petites filles montèrent de son cœur à ses lèvres :

— Marthe ! Renée ! dit-il d'une voix expirante.

Puis, se rappelant soudainement la promesse du génie bleu, il murmura faiblement :

Lutin, accours
A mon secours !

Alors il fut témoin d'une scène incroyable :
les pattes de l'ours se baissèrent comme sous
une force magique qui les tirait en arrière ;
l'animal inclina la tête, au moment même
où sa gueule effleurait le visage de l'homme ;
puis, une minute après, il roula sur le sol,
en tombant de côté, en sorte que le bûcheron vit le chemin ouvert.

III

Après avoir marché durant une demi-
heure, le pauvre père de Marthe et de Renée
se sentit en proie à de nouvelles angoisses plus
navrantes.

— Où les trouverai-je, pensait-il, et quand
j'arriverai à la caverne de l'ogre, ne sera-t-il
point trop tard ?

Le bûcheron était cependant un peu ras-
suré. Il savait qu'il pouvait compter sur
ses petits auxiliaires, si adroits et si vaillants.

et il ne désespérait plus de retrouver Martho et Renée.

Il continua son chemin, décidé à sauver ses enfants ou à mourir. Il se trouva bientôt arrêté par un gros câble tendu en travers de la route, à une certaine hauteur. Il se baissa pour passer dessous, mais le câble se baissa aussi vite que lui. Alors il voulut passer par-dessus, mais le câble se releva au même instant. Jetant les yeux autour de lui pour découvrir la cause de cette singulière rencontre, il vit que de part et d'autre le bout du câble était tenu par deux affreux gnomes.

— Voyons, dit-il, cessez ce jeu, il y a trop de temps, à mon gré, qu'il dure.

Les deux gnomes eurent un éclat de rire qui contracta leurs bouches en une affreuse grimace. Ils étaient au reste semblables l'un à l'autre, avec leurs cheveux roux retombant en forêt sur leurs visages et sùr leurs épaules, avec leurs nez longs et retroussés ornés d'un gros bouton rouge tout au bout, avec leurs oreilles immenses, leurs bouches pareilles à des fours. Ils riaient à se tordre les côtes, et

quand le bûcheron leur demanda de lui
livrer passage, ils se mirent à danser, mais
sans lâcher le câble.

— As-tu entendu, Miette? cria l'un ; voilà
un individu qui veut passer ici sans payer.

— Oui, je l'ai entendu, Croûton, repondit
l'autre.

Et les éclats de rire recommencèrent.

Le bûcheron, qui n'avait aucune envie de
se prêter à cette raillerie, leur répéta avec
injonction :

— Voyons, je n'ai pas de temps à perdre.

Il voulut franchir le câble, et le câble se
souleva ; il voulut passer dessous, et il le vit
s'abaisser à l'instant.

— Peut-être, pensa le bûcheron, ferais-je
mieux d'user de politesse ; je vois que j'ai
affaire à des fous ; autant vaut ne pas les exas-
pérer.

A ce moment, celui que son compagnon
avait appelé Croûton prit la parole :

— Brave homme, dit-il, je ne veux pas
prolonger votre erreur. Je vois que vous ne
savez pas où vous êtes, et je ne sais pourquoi,

j'ai quelque sympathie pour vous. Sachez
donc que ceci est le royaume de l'ogre Croquetoutcru.

— Celui qui m'a pris mes enfants, s'écria
le bûcheron. Ha! je suis bien aise de l'ap-
prendre. Et vous êtes les sujets de ce coquin?
Faites-moi voir où il est, votre Croquetout-
cuit.

— Croquetoutcru, brave homme, reprit
Croûton, en gardant cette fois son sérieux;
vous nous pardonnerez notre plaisanterie d'il
y a un instant; il faut bien qu'on s'amuse
un peu; ici on n'en a pas toujours l'occasion.
Vous ne tarderez pas à voir le roi, mais il
faut attendre qu'il ait fait sa sieste; jamais on
ne le dérange pendant ou après son repas.
C'est sa volonté.

— Je me moque bien des volontés de
votre roi et de ses repas. Ce que je veux,
moi, ce sont mes enfants, et je les aurai en
dépit de tous les ogres et de tous les gnomes
de la création.

— C'est plus tôt dit que fait, ricana Croûton, en clignant de l'œil. Si l'ogre vous a

pris vos enfants, c'est qu'il les a trouvés bons et tendres et appétissants.

En même temps il donna un coup de coude à son ami Miette, en signe d'intelligence, et le bûcheron, qui les regardait attentivement, eut un frisson, car il voyait bien, à l'expression de leurs yeux, ce qu'ils voulaient dire.

Mais il était décidé à aller jusqu'au bout sans délai et à ne pas se laisser intimider par ces nains hideux. Il marcha donc résolument vers le câble. Tout à coup Croûton et Miette tournèrent autour de lui, si lestement, si rapidement, que, en moins de temps qu'il ne faut pour le dire, le père de Marthe et de Renée se trouva garrotté, ficelé, et sans résistance au pouvoir de ses affreux ennemis.

— Et maintenant il vous sera loisible de voir notre roi, tant que vous voudrez, dit Miette ; mais si j'ai un conseil à vous donner, c'est de ne pas estropier son nom comme vous venez de le faire, sans quoi il pourrait vous en coûter cher, car notre maître Croquetoutcru n'est pas de ceux dont on se moque impunément.

Le bûcheron avait été jusqu'alors tellement préoccupé de sa situation qu'il n'avait pas pensé un seul instant à évoquer ses petits amis; mais, quand l'audacieux Croûton osa le prendre par la barbe et lui en arracher plusieurs poils, il ne se contint plus et s'écria :

> Lutin, accours
> A mon secours !

L'effet fut immédiat. Une main saisit Croûton par la nuque et le fit tournoyer sur lui-même comme aurait fait une toupie. Le bûcheron reconnut au même moment le génie lilas, qui était arrivé à son aide ; et avant qu'il pût le remercier, il le vit asséner un si formidable coup de poing à Miette que l'affreux gnome roula au loin en faisant la culbute. En même temps le câble se défit de lui-même comme par magie et tomba aux pieds du brave homme, qui put s'en aller sans autre obstacle. Cependant il ne le fit point avant de s'être retourné vers le lutin pour le remercier ; mais le lutin n'était plus là.

Le bûcheron s'avança d'un pas ferme vers. l'entrée de la caverne et y pénétra. Alors il découvrit devant lui, accroupi sur un tapis, les jambes repliées sous le corps, le géant le plus épouvantable qu'il eût jamais vu en réalité ou en rêve.

Le monstre avait pour vêtements une peau d'ours jetée sur ses épaules nues, de larges culottes en peau de renard, des guêtres en peau de loup montant jusqu'aux genoux. Il était coiffé d'un énorme chapeau de feutre blanc, dont les ailes lui retombaient d'un côté dans le cou, de l'autre sur le front. Il avait les pieds nus. Ses cheveux sortant de dessous son chapeau couvraient une partie de son visage ; les joues et le menton se cachaient sous une barbe touffue et sale. Toute sa physionomie respirait la gloutonnerie, la férocité. Ses traits étaient horribles à voir. Ses yeux sortaient des orbites, et son nez crochu ressemblait à un bec d'aigle.

Le bûcheron n'eut besoin que d'un coup d'œil pour se convaincre qu'il était en présence de l'ogre qui, au dire des lutins, avait enlevé Marthe et Renée. C'était en effet le terrible Croquetoutcru, et derrière lui, à une certaine distance, se tenait debout, dans une attitude tremblante, sa femme l'ogresse, entièrement vêtue de serge bleue. Elle ne quittait pas des yeux son mari, dont chaque geste la faisait tressaillir.

L'ogre fumait une énorme pipe, et les bouffées de tabac qu'il lançait à chaque seconde l'enveloppaient d'un véritable nuage qui remplissait toute la caverne. A tout instant il bâillait avec tant de force que l'on eût cru entendre un roulement de tonnerre.

Tout à coup il aperçut le bûcheron et cloua sur lui ses yeux menaçants avec une exclamation de surprise et de rage.

— Quoi ! un étranger dans mon royaume, dans mon palais ! s'écria-t-il en ramassant une terrible massue qui reposait à côté de lui. Holà ! Croûton, Miette, que veut dire ceci ? D'où viens-tu, impertinent, impudent, im-

Ses traits étaient horribles à voir.

prudent, impuissant ver de terre, et qui se rend si hardi de troubler mon repos à l'heure où personne n'a le droit de s'approcher de moi ?

Le bûcheron eut peur, non pour lui-même, mais pour ses deux petites filles ; mais il s'enhardit à parler avec assurance.

— Monsieur Coquesigrue, dit-il, je crois que c'est votre nom, si je ne me trompe, j'ai perdu Marthe et Renée, et j'ai appris qu'elles étaient ici ; je viens vous les réclamer.

Le visage de l'ogre était devenu pourpre de colère, car les deux gnomes l'avaient bien dit : rien ne lui était plus désagréable que d'entendre estropier son nom. Aussi laissat-il à peine achever son interlocuteur :

— Ha ! ha ! ricana-t-il d'une voix qui ébranla toute la caverne, tu oses te railler de moi, malheureux, misérable, malappris, malandrin, tu oses m'appeler d'un autre nom que le mien !

— Je vous demande pardon, humblement pardon, monsieur, répondit le bûcheron ; je ne songe qu'à mes pauvres enfants, à ma petite Bleuette, à ma chère Rougette.

— Bleuette ! Rougette ! interrompit l'ogresse d'une voix tremblante. Ce sont, si j'ai bien compris, les noms des deux petites filles qu'on a conduites ici ce matin.

— Paix ! reptile vénimeux ! cria l'ogre ; si tu dis encore une syllabe, je t'arrache la tête d'un coup de dent.

L'ogresse se recula avec terreur au fond de la caverne ; mais le bûcheron l'avait entendue, et ses paroles lui donnèrent quelque espoir ; car il était sûr du moins que les petites filles étaient encore vivantes. Il regarda donc courageusement le géant en face, et lui déclara qu'il exigeait la restitution immédiate de Marthe et de Renée.

Mais le monstre lui répondit par un éclat de rire.

— Ces enfants m'appartiennent, dit-il, et aucune puissance au monde ne saurait me les enlever. Je suis le maître ici. Voilà tout. Va-t'en.

Le bûcheron ne se laissa pas décontenancer.

— Si nos petites filles ne nous sont pas rendues, reprit-il, ma femme et moi nous mourrons de chagrin.

— Queveux-tu que cela me fasse? rugit l'ogre; va-t'en, te dis-je, sinon tu périras sur le champ.

Il reprit sa massue et la brandit au-dessus de la tête du pauvre père.

—Sache, ajouta-t-il, que si tu continues à m'accabler de tes cris, je t'écraserai comme une fourmi.

Il allait asséner un coup fatal au bûcheron, quand celui-ci s'écria :

Lutin, accours
A mon secours !

Au même moment la massue s'échappa des mains de Croquetoutcru, et un coup de fouet lui cingla le visage avec tant de force qu'il poussa un rugissement de douleur.

Alors le bûcheron vit à deux pas du monstre le génie rose, la main levée. Le géant se frotta les yeux, comme s'il eût été ébloui, et garda le silence. Puis, au bout de quelques minutes,

il dit avec une douceur à laquelle le père des
petites filles ne s'attendait point :

— Tu as des amis, paraît-il ; pourquoi ne
pas me l'avoir appris tout de suite ? C'est bien,
tu verras Bleuette et Rougette, puisque tu le
veux ; mais débarrasse-moi de ta présence,
sinon...

Il n'acheva point, car ses yeux venaient de
rencontrer ceux du lutin rose, et il baissa la
tête.

— C'est toi qui seras châtiée, reprit-il en se
tournant vers l'ogresse.

La femme ne répondit pas, mais d'un geste
rapide elle étendit la main vers l'issue de la
caverne, et le bûcheron comprit à ce signe
que les enfants étaient enfermés dans un
endroit voisin.

Il sortit, non sans se retourner pour voir
si l'ogre ne le suivait pas ; mais le monstre le voyant s'en aller, poussa un cri de
joie.

— Ignorant, imbécile, dit-il, tu n'entreras
point où ils sont, tant que tu n'auras pas le
mot de passe...

— Et quel est-il ee mot ? demanda naïvement le bûcheron.

—Inepte, ignare, ricana Croquetoutcru, tu t'imagines donc que je suis assez sot pour te le dire !

— Je le saurai sans vous, répartit avec fermeté le père courageux.

Et, sans attendre, il poursuivit son chemin.

Devant lui s'ouvrait un sentier étroit, se perdant sous les arbres et si ténébreux qu'on ne pouvait y marcher qu'à tâtons. Cependant le bûcheron ne se découragea point. Guidé par son cœur, il s'avança résolument dans les ténèbres. Il se trouva bientôt à l'ouverture d'une espèce d'antre creusé dans le roc, et fermé par une porte devant laquelle était couché un animal affreux, avec une tête d'aigle, des ailes de vautour et un corps de lion. Ses pattes étaient armées de griffes de fer. C'était un griffon, m'a dit la pie qui m'a raconté cette histoire. Dès qu'il eut aperçu le bûcheron, il se redressa, poussa un cri terrible et s'apprêta à fondre sur lui.

Le pauvre homme, malgré toute sa vaillance, comprit que son bâton ne serait qu'une arme inutile contre un pareil ennemi. Il fit quelques pas en arrière, et pensant qu'il valait mieux user d'humilité que de violence, il s'inclina avec respect et dit :

— Je viens chercher mes enfants.

Mais l'effroyable bête, au lieu de lui répondre, se tint campée devant la porte, dont elle remplit en s'enflant toute l'embrasure. Le bûcheron reconnut alors qu'une lutte avec un tel adversaire ne pouvait être que fatale pour lui-même. Aussi songea-t-il à ceux qui l'avaient déjà tant de fois sauvé; et se reculant encore pour se mettre hors de l'atteinte du gardien ailé, il prononça tout bas l'évocation :

> Lutin, accours,
> A mon secours!

IV

Au même instant, il aperçut près de lui le lutin jaune qui, d'un bond, lui sauta sur l'épaule, et s'inclinant vers son oreille chuchota doucement, tout doucement:

— Astaribas !

Le bûcheron fit un geste d'étonnement.

— Astaribas ! répéta le lutin, encore plus bas, c'est le mot de passe, ne l'oublie point.

Puis il disparut.

C'était la première fois que ses protecteurs le livraient à lui-même, mais il avait confiance en eux, il savait bien que les génies bienfaisants ne le tromperaient pas. Aussi, en dépit du redoublement de rage du griffon et de ses roulements d'yeux terribles, avança-t-il, la tête haute ; puis, quand il ne fut plus qu'à deux pas du féroce animal, il s'écria :

— Astaribas ! Astaribas !

A peine eut-il poussé cette double exclamation, que le griffon se tordit dans d'épouvantables convulsions, puis la terre s'entr'ouvrit, engloutit le monstre et se referma sur lui. Le bûcheron pénétra dans l'antre.

Une petite pièce pavée de carreaux rouges s'ouvrait devant lui. Elle était si noire que ses yeux accoutumés à la lumière du jour ne purent d'abord y distinguer aucun objet. Il étendit les bras, et ses mains rencontrèrent un mur glacial et visqueux ; puis marchant toujours, il aperçut un objet brillant. C'était le bouton d'une porte intérieure. Il y porta la main et le fit tourner sans résistance.

La porte céda et donna accès à une seconde pièce exactement pavée comme la première, mais plus claire, parce qu'il y avait tout au bout un foyer où brûlaient de grosses bûches sur lesquelles reposait une marmite pendue à une crémaillère.

Autour de cette seconde pièce règnaient des bancs de bois qui servaient de sièges à des enfants, petits garçons et petites filles d'âge différent. Chacun d'eux avait derrière lui une niche dans laquelle il s'enfonçait à demi, ayant pour ainsi dire le dos, les épaules et la tête scellés dans la pierre. Devant eux courait, s'appuyant sur leur poitrine, ce qui lui parut d'abord une barre de bois, mais ce qui était en réalité une auge. A l'extrémité de celle-ci se tenait un gnome, un peu plus grand que

Croûton et Miette, et d'un aspect moins désagréable. Il versait un potage d'apparence
appétissante dans l'auge au moment où le
bûcheron fit son entrée.

En le voyant, le gnome se précipita vers
lui avec terreur.

— Par quelle puissance incompréhensi-
ble êtes-vous entré ici ? s'écria-t-il.

L'homme lui raconta naïvement tout ce
qui s'était passé, et répéta plusieurs fois le
mot magique Astaribas.

Le gnome tremblant de tous ses membres
lui demanda d'un air suppliant :

— Que voulez-vous de moi ?

— Je veux mes enfants, dit le bûcheron ;
ils s'appellent Marthe et Renée, ou, comme
on dit au pays, Bleuette et Rougette.

Le gnome le mena au bout de la pièce,
devant une petite porte que fermaient deux
gros verrous. Il les tira, et le bûcheron vit,
accroupies dans un coin sur la pierre humide,
toutes ramassées sur elles-même, Marthe et
Renée, qui lui sautèrent au cou et lui témoi-

gnèrent par les plus affectueuses caresses leur joie de le revoir.

Il prit ses deux enfants par la main et se dirigea vers l'ouverture de l'antre. Mais à ce moment Marthe s'arrêta, en voyant les autres enfants dont elle connaissait le sort prochain, car elle avait entendu le gnome les avertir qu'ils seraient bientôt assez gras pour être servis sur la table du géant. Et le gnome avait ajouté : « Si vous n'aviez pas été gourmands, désobéissants, méchants, cela ne vous serait pas arrivé. Vous seriez encore auprès de vos parents. »

— Père, dit Marthe, sauvons-les. Ils se corrigeront, maintenant qu'ils savent l'inévitable châtiment réservé aux méchants.

Le bûcheron embrassa sa petite fille pour cette bonne pensée, et s'approchant avec Marthe et Renée de chacun des petits condamnés, il leur mit la main sur le front avec douceur. A ce contact, les infortunés ouvrirent de grands yeux étonnés et demandèrent :

— Que nous veut-on ?

— Aucun mal, dit Marthe.

— Aucun mal, dit Renée.

— Nous voulons vous délivrer, reprit Marthe à la condition que vous promettiez sincèrement d'être désormais aussi sages que vous avez été méchants.

Elle n'eut pas de peine à obtenir cette promesse ; et, comme leur repentir était sincère, ils se sentirent tout à coup délivrés d'un poids insupportable qui jusqu'alors avait pesé sur leur poitrine. C'était le poids de la conscience, plus lourd qu'une pierre pour les méchants.

Alors le bûcheron, tenant toujours Marthe et Renée par la main et suivi de tous les autres enfants, se prépara à sortir de l'antre. Mais l'ogre Croquetoutcru se dressa devant lui :

— Ha ! ha ! vous voilà enfin, avec tout votre cortège, pendard, pestiféré, s'écria le monstre en brandissant sa massue. Je vous retrouve tous ensemble et je vais faire de vous tous un festin comme jamais ogre n'en fit sur terre.

Les enfants, terrifiés à ces menaces, se serrèrent autour du bûcheron, comme de pauvres petits oiseaux qui se ramassent en un même groupe quand éclate un coup d'orage.

—Calmez-vous, calmez-vous, dit le brave homme, je suis là pour vous défendre. Vous n'avez rien à redouter.

Il se rappela, en ce moment, le mot qui lui avait été si efficace dans sa rencontre avec le griffon et il ne douta point que ce même mot n'eût le même effet sur l'ogre.

— Suivez-moi, cria-t-il aux enfants; et courageusement il marcha vers le géant en répétant : — Astaribas ! Astaribas ! Astaribas !

— Astaribas, tant que vous voudrez, dit le monstre avec un ricanement ; ce qui est bon pour entrer ne l'est pas pour sortir, stupide sot. Vous êtes enfermés dans la caverne, vous y resterez et vous y mourrez de faim, vous et tous ceux qui sont avec vous. Ha ! ha ! vous avez cru triompher de moi, mais vous avez trouvé votre maître à la fin. Ha ! ha !

Le bûcheron comprit qu'il n'avait plus

d'autre ressource qu'un appel suprême à ses amis, les lutins. A la vérité, le géant, trop grand pour pénétrer à l'intérieur du refuge, ne pouvait les atteindre, mais les quelques provisions qui restaient dans la caverne ne tarderaient pas à être épuisées. Les enfants surtout ne résisteraient pas longtemps à ces privations. Il eût été cruel de les y soumettre. Aussi, d'une voix ferme, le brave homme cria-t-il :

> Lutin, accours
> A mon secours

Les petits génies devaient avoir autant de puissance au dedans de la caverne qu'au dehors, car, à peine les paroles magiques furent-elles sorties de la bouche du bûcheron, que l'ogre poussa un cri de douleur. A la grande surprise des enfants, on vit apparaître à l'entrée de la caverne le lutin bleu-de-ciel, armé d'un énorme fouet avec lequel il chassa Croquetoutcru. Le géant voulut d'abord résister, mais une nouvelle cinglée, qui lui arracha d'affreux rugissements, l'obligea à se retirer, en rampant et en se repliant comme une couleuvre.

Quand il fut loin, le bûcheron, les deux petites filles et leurs compagnes et compagnons sortirent les uns à la suite des autres de l'antre, et grande fut leur joie de se trouver libres et de revoir le jour. Ils cherchèrent du regard le lutin qui les avait si généreusement secourus ; mais , Bleu-de-ciel était retourné dans la forêt.

Alors, il fut décidé que l'on s'empresserait de regagner la maison blanche, où la mère de Marthe et de Renée devait attendre ses enfants dans les plus cruelles angoisses. Marthe voulut donner aux autres petits garçons et petites filles un abri chez elle, en attendant qu'on les ramenât chez leurs parents, et le bûcheron loua sa chère Rougette de cette bonne intention. Renée leur promit de partager avec eux ses jouets, dès qu'ils seraient arrivés ; et le contentement rayonna sur tous ces petits visages, encore pâles de souffrance et de frayeur.

Ils avaient atteint, en ce moment, la

grande caverne qui servait de palais à l'ogre.
Le monstre, craignant sans doute quelque
nouvelle correction de la part du ..in,
s'était réfugié à l'intérieur de sa demeure.
L'ogresse seule était à l'entrée. Elle s'occupait de cueillir des groseilles dont elle
dépouillait un épais buisson. Le bûcheron
n'avait pas oublié le service qu'elle lui avait
rendu, et il voulut profiter de l'occasion pour
lui en témoigner sa reconnaissance. Chemin
faisant, il avait expliqué à Marthe et à Renée
par quels secours il avait réussi à les délivrer;
et les petites filles, aussi bonnes que leur
père, crurent qu'elles devaient exprimer leur
gratitude à la charitable ogresse. Elles lâ-
chèrent donc un instant la main du bûcheron et coururent vers la femme en lui criant :

— Merci ! Madame ! merci ! nous nous
rappellerons toujours ce que nous vous
devons.

V

Pendant ce temps les autres enfants avaient fixé un regard de convoitise sur l'énorme panier rempli de groseilles. Un petit gourmand surtout ouvrait des yeux dévorants ; et tout bas il chuchota quelques mots à la petite fille qui se trouvait à côté de lui et qui le répéta aux autres.

— Hâtez-vous, dit l'ogresse, vous n'avez que le temps de rentrer chez vous en courant ; je sais que les lutins vous protègent ; mais rappelez-vous ceci : leur protection ne peut durer plus d'un jour, à moins qu'on ne leur rende un nouveau service : c'est la loi de la forêt ; or, voici le soleil qui décline, la nuit viendra plus tôt que vous ne le pensez, et si, aux premières ténèbres, vous n'êtes pas rentrés chez vous, l'ogre vous poursuivra, vous rejoindra et vous dévorera tous sans pitié.

Le bûcheron remercia l'ogresse, et il allait se remettre en route, quand la femme poussa un cri terrible.

— Malheureux, malheureux ! vous allez vous perdre, ne mangez pas de ces fruits !

Hélas ! il était trop tard ! Le petit gourmand, et avec lui une petite menteuse, une petite paresseuse, un petit paresseux, un petit dénicheur d'oisillons avaient chacun une groseille dans la bouche : le jus du fruit rougissait leurs lèvres. Le bûcheron allait demander l'explication de l'exclamation de l'ogresse, quand un ricanement le rappela soudain à l'affreuse vérité. L'ogre était sorti de sa caverne et, debout, appuyé sur sa massue, la bouche béante comme un gouffre, il dardait ses regards flamboyants sur les enfants :

— Je vous tiens ! rugit-il avec triomphe ; vous n'avez plus à compter sur personne. C'est fini !

Il s'avança, sans se dépêcher, vers le bûcheron, et étendit la main. Marthe et Renée tremblèrent de tous leurs membres, quand elles virent l'énorme griffe du monstre s'abattre sur l'épaule de leur père, qui poussa un cri de douleur. Le pauvre homme n'eut que le temps de dire :

> Lutin, accours
> A mon secours !

Mais, pour la première fois, aucun génie ne répondit à son appel.

— Allons, en route ! commanda l'ogre, et plus vite que ça.

— Mais, mais, monsieur Coquesigrue, balbutia le bûcheron.

Une nouvelle étreinte du monstre lui coupa la parole.

— Croque-tout-cru, hurla le roi. Et si je te reprends à ne pas dire exactement mon nom, je t'écrase sous mon pied comme une araignée malfaisante.

> Lutin, accours
> A mon secours !

gémit le pauvre bûcheron.

— Tu as beau invoquer les maudits nains, ils ne viendront pas, railla le monstre. Sache que tu t'es rendu responsable des fautes de ces petits vauriens, en les dérobant à mon autorité. C'est leur gourmandise qui t'a valu ce mécompte. Tant pis pour toi. Maintenant

il ne te reste plus qu'à te préparer à la mort.
Mais auparavant je veux dévorer tes petites
filles sous tes yeux.

— Grâce ! grâce ! s'écrièrent Marthe et
Renée en tombant à genoux.

Elle espéraient fléchir le courroux du géant,
qui les repoussa avec dédain.

Les autres enfants s'étaient joints aux sup-
plications des deux petites filles.

Le géant resta insensible à leurs prières.

— Quiconque mange de mes groseilles,
ricana le monstre, est irrémédiablement mon
esclave ; vous avez mangé les groseilles, tant
pis pour vous.

— Mais nous ne les avons pas mangées,
répondit tout bas la petite gourmande ; nous
n'avons fait que les écraser.

Et, pour le prouver, elle cracha la peau du
fruit qu'elle avait encore dans la bouche.

Les autres firent de même.

Le géant, sans prendre garde à eux, avait
porté ses deux index à ses lèvres, et se servant
de ses doigts comme d'un sifflet, il avait fait
retentir un son strident capable de réveiller les

morts. Le bûcheron s'était couvert les oreilles des deux mains pour ne pas entendre ce bruit assourdissant qui lui résonnait jusque dans les tempes. Mais ses bras retombèrent le long de son corps lorsqu'il aperçut, accourant à l'appel, les deux gnomes Miette et Croûton, que la correction infligée par le lutin Lilas n'avait pas rendus meilleurs, car leur physionomie était encore plus repoussante qu'auparavant. Ils sautillaient de joie, trébuchant, roulant l'un par dessus l'autre, et poussant des ricanements sauvages, pour exprimer leur contentement.

L'ogre leur désigna les sept enfants.

— Emmenez-les, dit-il, et qu'on les garde bien sous clef. Je veux qu'on mette une serrure neuve au caveau, et gare à votre cousin Potbouille s'il les laisse échapper de ses mains une fois de plus. Ils ont mangé des groseilles.

Le bûcheron restait muet. Il avait le cœur serré, de grosses gouttes de sueur froide perlaient sur son front, ses lèvres frémissaient, son pouls battait avec rapidité ; un voile tombait lentement sur ses yeux. Il son-

geait à sa malheureuse femme qu'il ne rever-
rait peut-être plus; il regardait avec douleur
ses deux petites filles qui allaient sans doute
mourir dans un instant, et mourir de la mort
la plus atroce.

> Lutin, accours
> A mon secours !

dit-il machinalement et sans espoir.

— C'est inutile, répliquèrent en même
temps les deux gnomes; les lutins, de quelque
couleur qu'ils soient, ont perdu pour aujour-
d'hui leur puissance. Ils ne peuvent plus rien
pour ceux qui ont mangé nos groseilles et
pour ceux qui accompagnent les coupables.

— En êtes-vous bien sûrs ? demanda une
voix, très faible, mais très intelligible.

Et au même moment le bûcheron, levant
les yeux, vit les sept lutins assis chacun sur
une branche de l'arbre qui croissait près de là.

> Nous sommes les lutins,
> Nous bravons les destins ;
> Nous portons assistance,

> Pour détourner leurs coups,
> Avec reconnaissance
> A qui fut bon pour nous.

— Hein ! quoi ! qu'est-ce à dire ? rugit l'ogre, accourant à leur chant. Vous violez la loi. Vous n'avez pas d'empire ici.

— C'est ce que nous allons voir, dit le lutin bleu, en se laissant tomber à terre.

Le géant grinça des dents.

— Vous n'aurez pas le dernier mot aujourd'hui, cria-t-il. Je sais quels sont mes droits, je les maintiens. Croûton, Miette, emmenez ces enfants. Je me charge de l'homme.

VI

Les gnomes allaient exécuter impitoyablement l'ordre de leur maître. Mais les lutins fondirent sur eux comme une grêle, et avec les baguettes de coudrier qu'ils tenaient dans leurs mains leur labourèrent le corps, bras, jambes, visage. Miette et Croûton, effarés, incapables de résister, bondissaient au milieu de la troupe de génies. Et tandis qu'ils

faisaient des gambades, des contorsions, ac-
compagnées de grimaces de terreur, les
chouettes et les hiboux, réveillés dans leur repos, descendaient des arbres pour assister au
spectacle.

Cependant l'ogre, voyant fuir ses deux
auxiliaires, s'était armé de sa massue et la
faisait tournoyer.

— Nous verrons qui de nous l'emportera,
cria-t-il.

Les lutins lui laissèrent exhaler sa rage, se
contentant de se placer devant les enfants,
pour les mettre à l'abri d'une surprise, et re-
gardant avec calme, en souriant, leur
ennemi qui les accablait d'injures. Ils purent
se convaincre bientôt que ses menaces n'é-
taient que de vaines paroles, aussitôt empor-
tées par le vent, et tout bas le génie bleu-de-
ciel conseilla au bûcheron de se retirer avec
sa petite troupe, pendant qu'ils tiendraient
tête au monstre.

Le brave homme ne se le fit pas répéter
deux fois. Il tourna le dos à Croquetoucru,
sans lui jeter une parole d'adieu. Il traversa

sans encombre le carrefour où il avait pour la première fois rencontré Miette et Croûton.

La route ne pouvait plus, — le bûcheron le croyait du moins, — leur offrir d'obstacle; et quoiqu'une distance assez grande les séparât encore de la maison blanche, ils pouvaient, en pressant le pas, y arriver avant la nuit. Le crépuscule commençait, il est vrai, à envahir la forêt, mais la lune ne s'était pas encore levée, et les dernières lueurs du soleil étaient assez vives pour éclairer le sentier.

Cependant il y avait à craindre une rencontre avec les loups, avec les ours qui pouvaient sortir de leurs retraites à chaque instant, et auxquels on n'aurait pu résister. Peut-être aurait-il fallu courir, au lieu de marcher; mais les enfants — il y en avait de tout petits et de tout chétifs, — étaient déjà harassés de fatigue et le bûcheron ne pouvait les prendre tous les sept sur les bras ou sur le dos. Lui-même était accablé de lassitude. Le moment arriva où il fut obligé de s'arrêter.

Alors il aperçut un grand arbre, un if énorme dont les branches étalées formaient une cou-

Les enfants étaient harassés de fatigue.

ronne si vaste que toute la troupe pouvait s'abri·
ter dessous. Mais le bûcheron réfléchit que le
sommeil pouvait le surprendre en cet endroit
dangereux ; et il prit le parti de monter dans
l'arbre avec les enfants. Il souleva Renée, puis
Marthe, puis les autres petites filles, puis
les petits garçons, aussi haut qu'il put,
leur recommanda de grimper prudemment
en se tenant aussi fortement que possible,
puis, quand tous eurent fait l'ascension, il
les suivit en enlaçant l'arbre de ses bras et de
ses jambes. Il installa alors commodément
chaque enfant et s'assit au milieu d'eux.

Il avait les paupières appesanties, les membres engourdis ; il sentait qu'il allait s'endor-
mir et il luttait contre le sommeil.

— Nous ne resterons que quelques minutes
ici, tout au plus un quart d'heure, pensa-t-il.

Comme il faisait cette réflexion, un inci·
dent extraordinaire et tout à fait étrange se
produisit. L'if se mit à trembler tout comme
si quelqu'un le secouait avec violence, et le
phénomène était d'autant plus singulier que
l'air était d'un calme absolu ; le vent n'avait

2***

pas le moindre souffle. La couronne de l'arbre s'agita brusquement, violemment, comme au milieu d'une tourmente. L'ébranlement était tel qu'il chassa complètement le sommeil du bûcheron et réveilla les enfants. Tout à coup un bruit formidable partit du cœur de l'arbre.

Le bûcheron n'osait faire un mouvement ; à chaque minute il craignait que les secousses ne fissent tomber l'une des pauvres créatures confiées à sa garde.

Je ne veux pas vous tenir plus longtemps en suspens, mes petites amies; l'arbre n'était pas un arbre. — Quoi donc ? — C'était l'ogre lui-même. — Quoi ! l'ogre ? — Oui; car le géant n'était pas seulement un ogre, mais un sorcier qui pouvait, quand il le voulait, prendre toute autre forme. Il s'était dit que les lutins devaient être las de secourir le bûcheron et l'abandonneraient, une fois qu'ils le croiraient hors de danger.

Cependant l'arbre continuait à s'agiter, car l'ogre n'ignorait point que s'il ne s'empressait de recouvrer sa forme et s'il conservait celle qu'il venait de prendre, jusqu'à la nuit, il devrait la garder éternellement. Aussi faisait-il des efforts désespérés pour opérer ce nouveau changement ; mais une circonstance inattendue vint tout à coup aggraver sa situation.

Dans l'obscurité envahissante brillèrent des lumières qui s'approchaient, venant de plusieurs côtés à la fois, et formant le cercle autour de l'if. Elles avançaient de plus en plus. Ce n'étaient pas de larges flammes, mais de petits jets, comme des feux follets, se mouvant presque à ras de terre, un peu au-dessus. Il les compta : une, deux, trois, quatre, cinq, six, sept ; oui, sept lumières bien distinctes, qui environnèrent l'arbre. Alors le bûcheron reconnut que ces sept lumières émanaient des cœurs d'or que les sept lutins portaient sur leurs épaules. C'étaient eux — il n'y avait point d'erreur possible — le lutin rose, le lutin vert, le lutin blanc, le lutin lilas, le lutin rouge, le lutin jaune, le lutin bleu de ciel, et à mesure qu'ils avançaient, les lumières jaillissaient plus vives non seulement des cœurs d'or, mais aussi des lauriers d'or attachés à leur chaperon.

Chacun d'eux tenait à la main une baguette de coudrier, et tout bas, mais très distinctement, ils chantaient à l'unisson :

> Nous sommes les lutins,
> Nous bravons les destins ;
> Nous prêtons assistance,
> Pour détourner leurs coups, ⸳
> Avec reconnaissance
> A qui fut bon pour nous !

Leurs chants résonnaient agréablement aux oreilles du bûcheron et des enfants. La nuit venait d'arriver. L'ogre était à jamais changé en if.

Le bûcheron et ses petites filles, ainsi que les autres enfants, étaient tombés à genoux devant les lutins et les remerciaient avec de chaleureuses paroles venant du cœur.

— Brave homme, dit le génie bleu de ciel, nous n'avons fait que notre devoir. Tu as été charitable pour nous, nous l'avons été pour toi. Obligeance vaut reconnaissance. Et toi, Marthe, toi, Renée, écoutez l'une et l'au-

tre, écoutez aussi, petites filles et petits garçons qui devez votre salut au bûcheron et à
ses enfants : tout ce qui s'est passé aujour-
d'hui doit être une leçon inoubliable pour
vous. Marthe et Renée, si bonnes, si sages, si
dociles, n'ont désobéi qu'un instant, un seul
instant à leurs parents, et elles en ont été pu-
nies. Si elles n'avaient pas fait preuve de la
plus complète obéissance en toute autre occasion, le géant les aurait dévorées dès qu'elles
étaient tombées en son pouvoir et leur père
serait arrivé trop tard pour les délivrer. Quant
à vous, petites filles, qui aviez l'habitude de
mentir ou de déchirer vos robes, petits garçons gourmands, paresseux ou cruels, n'oubliez jamais que sans la générosité de Marthe
vous auriez inévitablement péri. Maintenant
relevez-vous tous et soyez heureux à jamais.

Les génies tendirent l'un après l'autre la
main au bûcheron, ils embrassèrent Marthe
et Renée, ils donnèrent une petite caresse
aux autres enfants, et ils disparurent.

Avant minuit, le bûcheron se retrouvait
avec sa petite troupe dans sa maison blanche.

La bûcheronne les croyait tous morts. Elle poussa des cris de joie en les revoyant. Le lendemain, on ramena les enfants sauvés par Marthe à leur père et à leur mère, qui pleurèrent de bonheur en apprenant qu'ils vivaient encore et qu'ils s'étaient corrigés.

CONCLUSION

L'histoire que je viens d'achever, mes petites amies, est un conte, une fiction, c'est-à-dire un récit imaginé pour mieux vous expliquer ce que je voulais vous dire. Il n'y a pas d'ogres, ni de lutins, vous le savez ; mais il y a des hommes méchants et des hommes de bien, vous le savez aussi. Malheur à qui tombe au pouvoir des premiers ; heureux ceux qui peuvent compter sur l'appui des seconds ! Souvenez-vous de ce poids de la conscience qui pesait sur la poitrine des enfants méchants. L'histoire du bûcheron est un exemple de ce que peut l'amour d'un père pour ses enfants. Racontez-la vous-mêmes à vos petites compagnes, et n'oubliez pas de leur dire ce que je vous recommande : « Ne désobéissez jamais, aimez vos parents, comme Marthe et Renée aimaient le bon bûcheron et sa femme, et soyez, comme nos deux petites héroïnes, des modèles à citer aux autres enfants. »

TABLE DES GRAVURES

POITIERS. — IMPRIMERIE OUDIN ET Cie.